- HERGÉ -

LES AVENTURES DE TINTIN

LE TEMPLE DU SOLEIL

casterman

Les Aventures de TINTIN et MILOU
sont disponibles dans les langues suivantes :

allemand :	CARLSEN
alsacien :	CASTERMAN
anglais :	EGMONT
	LITTLE, BROWN & Co.
basque :	ELKAR
bengali :	ANANDA
bernois :	EMMENTALER DRUCK
breton :	AN HERE
catalan :	CASTERMAN
chinois :	CASTERMAN/CHINA CHILDREN PUBLISHING GROUP
cinghalais :	CASTERMAN
coréen :	CASTERMAN/SOL PUBLISHING
corse :	CASTERMAN
danois :	CARLSEN
espagnol :	CASTERMAN
espéranto :	ESPERANTIX/CASTERMAN
finlandais :	OTAVA
français :	CASTERMAN
gallo :	RUE DES SCRIBES
gaumais :	CASTERMAN
grec :	CASTERMAN
indonésien :	INDIRA
italien :	CASTERMAN
japonais :	FUKUINKAN
khmer :	CASTERMAN
latin :	ELI/CASTERMAN
luxembourgeois :	IMPRIMERIE SAINT-PAUL
néerlandais :	CASTERMAN
norvégien :	EGMONT
occitan :	CASTERMAN
picard tournaisien :	CASTERMAN
polonais :	CASTERMAN/TWOJ KOMIKS
portugais :	CASTERMAN
romanche :	LIGIA ROMONTSCHA
russe :	CASTERMAN
serbo-croate :	DECJE NOVINE
slovène :	UCILA
suédois :	BONNIER CARLSEN
thaï :	CASTERMAN
turc :	INKILAP PUBLISHING
tibétain :	CASTERMAN

www.casterman.com
www.tintin.com

ISBN 978 2 203 00113 8
ISSN 0750-1110

Imprimé en France par Pollina s.a., Luçon. Dépôt légal : 2è trimestre 1955; D. 1966/0053/55.
N° L20812A

LE TEMPLE DU SOLEIL

À Callao, chez le chef de la police...
AMÉRIQUE DU SUD
PÉROU
CALLAO
OCÉAN PACIFIQUE
OCÉAN ATLANTIQUE

Haddock, capitaine au long cours, et Tintin, reporter?... Ah! oui, la police de St Nazaire m'a prévenu de leur arrivée... Faites entrer...

Messieurs, si j'ai bien compris, la situation peut se résumer ainsi: votre ami Tournesol a été enlevé, et vous avez de sérieuses raisons de croire qu'il se trouve à bord du cargo "Pachacamac" qui doit arriver d'un jour à l'autre à Callao. C'est bien cela? (1)
Parfaitement.

Eh bien! messieurs, dès que le "Pachacamac" sera en rade, nous ferons fouiller le navire. Si, réellement, votre ami est à bord, il vous sera immédiatement rendu. Il ne nous reste donc plus qu'à...

!
?
?

Là-bas, un Indien qui s'enfuit!... On nous épiait...

Vous aurez mal vu...
Non, non, j'ai nettement vu un Indien qui regardait à travers les barreaux. Il a disparu derrière ces buissons...

Bah! aucune importance! Ce que nous disions pouvait être entendu de tout le monde...

Ne pensons donc plus à cet incident, et permettez-moi plutôt de vous offrir un verre de cet excellent pisco, la liqueur du pays, que nous boirons à la santé de votre ami Tournesol.

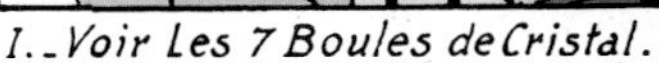
1._Voir Les 7 Boules de Cristal.

Et quelques minutes plus tard...

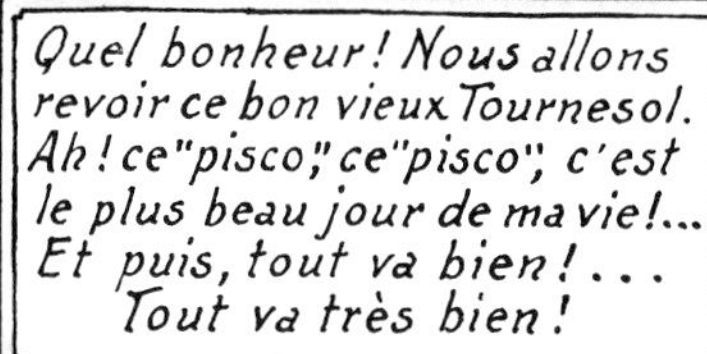
Quel bonheur! Nous allons revoir ce bon vieux Tournesol. Ah! ce"pisco", ce"pisco", c'est le plus beau jour de ma vie!... Et puis, tout va bien!... Tout va très bien!

Allons, ne faites pas cette tête-là, mon ami. Nous allons bientôt revoir Tournesol: tout va donc très bien...
Oui, tout va très bien... N'empêche que, vous l'avez vu, nous sommes sur-veillés...

Ah! la, la! Aucune importance! Regardez plutôt autour de vous. Voyez ce pittoresque, ces Indiens, ces couleurs, ces costumes, ces lamas...

Kilikili! Ah! le beau petit lama!... Il est gentil le petit lama...
Non mais, quel air ça se donne...

Toi faire attention, señor...
Eh bien, quoi?... Je ne vais tout de même pas te le manger, ton lama, non?

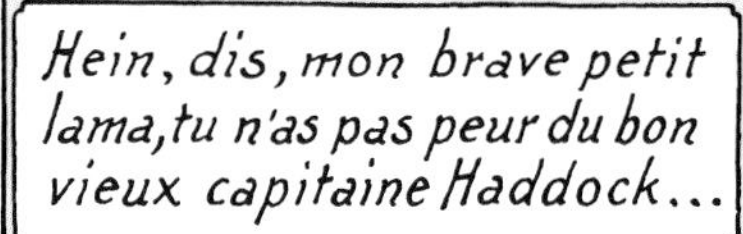
Hein, dis, mon brave petit lama, tu n'as pas peur du bon vieux capitaine Haddock...

Quand lama fâché, señor, lui toujours faire ainsi...
En voilà des manières!

Sale vilaine bête de tonnerre de Brest! Qui est-ce qui m'a fabriqué des animaux pareils!

Allons, capitaine, ne faites pas cette tête-là ! Vous le disiez vous-même tout à l'heure : tout va très bien, puisque nous allons retrouver monsieur Tournesol.

HOTEL CRISTOBAL COLON

Hôtel Cristobal Colon. Bueno...

Le lendemain matin.
DRRRING

Allo... Oui, c'est moi... Ah! bonjour, señor inspector superior... Comment ?... Le "Pachacamac" est en vue ?... Très bien... Oui, au bassin n° 24... Nous arrivons... À tout à l'heure...

Et quelques minutes plus tard...
Voilà le señor inspector superior et ses hommes, là, au bord du quai...
GUANO

Mais... Mais je n'ai pas la berlue... Voyez là-bas...
Dupont et Dupond !... Que viennent-ils faire ici, ces olibrius ?...

Messieurs, voilà les amis dont vous me parliez tout à l'heure...

Par quel hasard extraordinaire...
Ce n'est pas le hasard qui nous a envoyé ces messieurs. C'est la police de St Nazaire qui les a délégués ici pour nous aider à retrouver votre ami..

Et alors, ce "Pachacamac", où est-il ?
Là-bas, à gauche de ce petit remorqueur à cheminée rouge...

Ah ! oui, je le vois... C'est ça... C'est bien ça... "Pachacamac"!.. Dire que ce bon Tournesol est à bord !...

Tonnerre de Brest !...
?

Mille sabords!le "Pachacamac" arbore le pavillon jaune et le triangle jaune et bleu : maladie contagieuse à bord !

Sapristi! et nous qui devons aller à bord pour fouiller le navire...
Pas question avant que le service sanitaire n'ait accordé l'autorisation.

Voilà d'ailleurs justement la vedette du service de santé qui se dirige vers le "Pachacamac"...

Voilà... Il n'y a plus qu'à attendre le résultat de la visite...

GUANO

?
GUANO

Au fait, capitaine, qu'est-ce, au juste, que le guano ?...
Le guano ?... Euh... Comment dirais-je ?...

PLOC

Le guano ?...Eh bien, c'est cela !

Tu trouves ça drôle, toi, hein ?... Un chapeau presque neuf !... Ça te fait rire, toi !

PLOC

Capitaine !... Capitaine !... Le "Pachacamac" hisse d'autres pavillons !
!

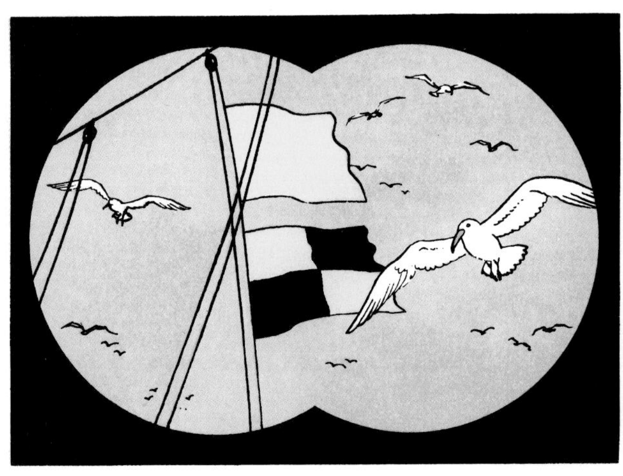

Mille millions de mille milliards de mille sabords ! le signal de la quarantaine !...

C'est pour fêter l'anniversaire du commandant ?
Mettre un navire en quarantaine, marin d'eau douce, signifie le tenir à l'écart pendant un certain temps, afin d'éviter la contagion !

Voilà la vedette qui revient...

Eh bien, docteur ?
Deux cas de peste bubonique à bord !... J'ai ordonné trois semaines de quarantaine !...

Vous avez entendu... J'en suis désolé pour vous... Il va falloir vous armer de patience...
Oui... Evidemment... Dites-moi, ce docteur, n'est-ce pas un Indien ?

Un Quichua, en effet... Mais pourquoi ?
Oh ! Pour rien... Une simple question...

Quelques instants plus tard...
Trois semaines, mille sabords !... Trois semaines avant même de savoir si, oui ou non, Tournesol est à bord de ce cargo de ton- nerre de Brest !...

Pas question d'attendre trois semaines !... Cette nuit-même, nous serons fixés !
Comment, cette nuit-même ?

Parce que, cette nuit, j'irai à bord du "Pachacamac" !
Cette nuit ?... Vous ?... Et la peste, malheureux ?... La peste, hein, vous l'oubliez ?

Capitaine, je parie ce que vous voulez que tout le monde, à bord du "Pachacamac", se porte comme vous et moi !

Mais, saperlipopette ! le docteur a pourtant dit que...
Le docteur est un Indien, capitaine !... Un Indien quichua !... Ça ne vous dit rien, ça ?...

Et la nuit venue...

Stop!...N'allons pas plus loin... On pourrait nous voir...
Bon, ça va... Alors vous êtes toujours décidé?...Je vous ai dit qu'il y avait des requins par ici...

Bah! des requins... À cette heure-ci ils doivent dormir tranquillement, comme tout le monde...
Comme vous voudrez!...

Voilà... Alors, c'est entendu: si, dans deux heures, je ne suis pas revenu, vous avertissez la police... Au revoir, capitaine... Et toi, Milou, sois bien sage...
Bonne chance, fiston...

Tonnerre de Brest!...Quel gaillard, tout de même!

Et maintenant, le plus difficile reste à faire...

!
¿Qué pasa, ahí abajo?...

¿Quien es?...

Zut...Encore quelqu'un!

Pas à hésiter!...Vite, entrons dans cette cabine...

Tout va bien !...
Il ne m'a pas vu...
Il passe...

¿Qué ha pasado, Chiquito?...
No es nada, debe de ser el gato...

Chic! ils croient que c'est un chat!...

Il rentre dans sa cabine...
La porte se referme...
Ouf! sauvé!

!
RRRON
RRRRON

Sapristi! il y a quelqu'un dans cette couchette!...Vite, filons!...

Pardon... Heu... Un peu plus à l'ouest!...

Il n'y a qu'un homme au monde pour parler de la sorte...Et cet homme, c'est...

Monsieur Tournesol!

Monsieur Tournesol!...
Monsieur Tournesol!...
Reveillez-vous!...C'est moi, Tintin!...De grâce, réveillez-vous!

Rien à faire !... Il a certainement été drogué !

Tiens ! qu'est-ce que c'est que ça ?... Que porte-t-il là, au poignet ?

Le bracelet de la momie !!!

Eh ! oui, le bracelet de Rascar Capac !...
?

Mais . Mais c'est Chiquito !
Eh ! oui, Chiquito...

Que voulez-vous faire de ce malheureux ?

Cet homme a commis un sacrilège : il s'est paré du bracelet sacré de l'Inca. Cet homme doit mourir !.. Quant à vous, je n'ai pas encore décidé de votre sort. En attendant vous êtes mon prisonnier...

Alonzo !...

Halte-là, vous !...

Zut ! encore un !...

Vite ! Vite ! par-dessus bord !...

Petite canaille, tu vas me le payer cher !

?
PAN
PAN
?

Tonnerre de Brest!... Les bandits, ils massacrent Tintin!
PAN

Iconoclastes!...Pirates!...Encore quelques coups de rames...

... et vous apprendrez à me connaître, bougres de marchands de guano!
PAN

?

Wouah! Wouah!
Mille sabords!...

Wouah! Wouah!
Veux-tu bien te taire, espèce de cornichon!

Ah! voilà Tintin!
PAN
PAN
Wouah!

Vite, embarquez!... Pas blessé, au moins, fiston?
Rien, pas une égratignure... Mais filons vite...

Tournesol est à bord, capitaine. Je l'ai vu. Ils ont décidé de le mettre à mort parce que, disent-ils, il a commis un sacrilège en passant à son poignet le bracelet de l'Inca!

A terre, maintenant! Et cherchons du renfort, vite!

Vite, courez en ville, alertez la police!... Moi, je reste ici pour observer ce qui se passe...

Et maintenant, ouvrons l'oeil...
...Et même les deux!

Rien ne bouge... Auraient-ils l'intention, après ce qui s'est passé... Oh! ils ont mis une embarcation à la mer! Pourvu que le capitaine revienne vite avec du renfort!...

Enfin, une cabine téléphonique!

Allo?... Oui... Police!... Quoi?... Vous voulez parler au señor inspector superior?... À cette heure-ci?... Vous n'êtes pas malade, non?... Il dort, le señor inspector superior...

Je le sais bien, tonnerre de Brest! qu'il dort!... Ce que je vous demande, c'est de le réveiller!... Dites-lui que c'est très, très urgent!

Urgent ou pas urgent, ça m'est égal... On ne réveille pas le señor inspector superior à quatre heures du matin!

Mais puisque je vous dis que... Allo!... Allo!... Allo! Allo!... Ah! le bougre de sauvage de tonnerre de Brest! il a raccroché!

Pendant ce temps-là...
Le canot se rapproche... En avant, Milou... Fais attention, ne te montre pas... Nous allons les observer d'un peu plus près...

Une idée... Je vais téléphoner aux Dupond - Dupont... Quatre... Zéro... Huit... Voilà!...

DRRRING
DRRRING
DRRRING
Dis donc, c'est le téléphone...
Oui, en effet, je crois que c'est le téléphone...

Sapristi!... Mais c'est Monsieur Tournesol qu'on débarque là!

DRRRING
Alors, tu y vas, toi?
Ah! non, jamais de la vie!... Moi, je dors!...

Eh bien! ils y mettent le temps!...

DRRRING
Comment, tu dors?... Tu ne dors pas, puisque tu parles!...
Tu sais bien que je parle toujours en dormant!...

Mille sabords de tonnerre de Brest! est-ce pour aujourd'hui ou pour demain?

C'est bon, j'y vais, mais la prochaine fois, tu iras toi-même...
DRRRING
DRRRING

Allo?... Allo, Dupont?... Enfin, ce n'est pas trop tôt... Ici, le capitaine Haddock...

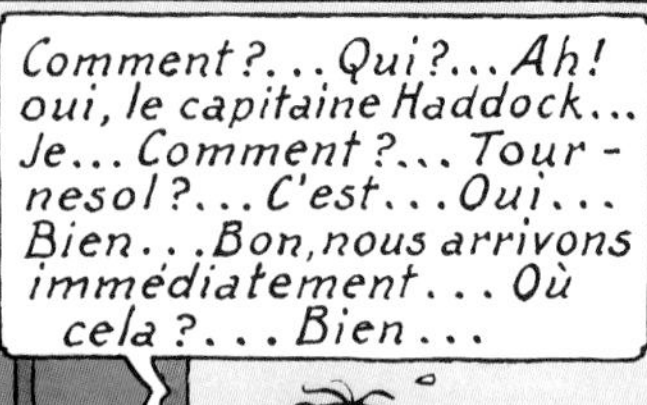
Comment?... Qui?... Ah! oui, le capitaine Haddock... Je... Comment?... Tournesol?... C'est... Oui... Bien... Bon, nous arrivons immédiatement... Où cela?... Bien...

Et une demi-heure plus tard...
Voilà près de deux heures que je l'ai quitté... Pourvu qu'il ne lui soit rien arrivé!

Voilà notre barque... C'est ici que j'ai laissé Tintin... Mais lui, où est-il?...

Hello,Tintin!...
Tintin!...
Tintin!...

Inutile de nous égosiller davantage.Tintin a disparu. Examinons le sol: nous devons retrouver ses traces au plus vite...

Autant chercher une aiguille dans une botte de foin!...
Je dirais même plus:autant chercher une aiguille dans une fotte de boin!...

Ici, des traces de pas!...

Et ici, d'autres traces...Regardez, il y avait plusieurs hommes... Et des chevaux... Non,des lamas...Voyez ces empreintes, là, dans le sable...

Continuons... Nous sommes sur la bonne piste...

Les traces s'arrêtent à cette route, évidemment... Qu'importe, on devine qu'ils ont continué dans la même direction...

Pardon, minute!... Et si c'était une ruse?...S'ils étaient partis dans la direction opposée?...
Très juste!...Aussi,je propose que la moitié d'entre nous aille d'un côté, l'autre moitié, de l'autre...

Excellente idée, en effet!... Nous sommes trois. La moitié de trois, ça fait un et demi...
Saperlipopette! il y a du vrai dans ce que vous dites!... Comment faire?...

Allez de votre côté, vous deux. Moi, j'irai seul... Et nous verrons qui de nous retrouvera Tintin... Au revoir!... Et ouvrez l'oeil!...

Soyez tranquille, nous l'ouvrirons!...
Je dirais même plus, nous...

VIRAGE DANGEREUX

Après plusieurs heures de marche...

Dis donc, fiston, tu n'as pas vu un jeune garçon, un Blanc, accompagné d'un petit chien ?...

?
Oui, oui, et je le connais très bien !

Tintin !... Ah ! sacripant ! tu m'as bien attrapé !... Parole ! je ne t'avais pas reconnu... Mais pourquoi ce déguisement ?...
Venez, je vais vous ex-... pliquer...

Peu après votre départ, ils ont débarqué Tournesol. Des complices, qui les attendaient sur la plage, ont hissé notre ami sur un lama et l'ont emmené. Moi, je les ai suivis de loin, afin de ne pas me faire voir...

En traversant le marché de Santa-Clara, la petite ville où nous allons arriver, j'ai acheté en hâte ce poncho et ce chapeau, ce qui m'a permis de m'approcher d'eux au moment où, au guichet de la gare, ils prenaient leurs billets pour Jauga...
Et Tournesol, qu'ont-ils fait de lui ?...

Sans doute avait-il été drogué, car il les suivait docilement, comme un somnambule... Puis, le train est parti... sans moi, hélas ! car je n'avais plus assez d'argent pour y prendre place... Alors, je suis revenu sur mes pas, afin de vous rencontrer...

Tonnerre de Brest !... Ah ! les bandits !... Partis avec Tournesol !... Mais nous prendrons le train suivant et...
Bien sûr !... Malheureusement, il n'y a un train que tous les deux jours...

Mais comment se fait-il que vous soyez arrivé seul ?... Et la police ?...
Ces messieurs dormaient !... Quant aux deux Dupont, ils sont à votre recherche...

Et le surlendemain...
Nos places, c'est bien dans la dernière voiture, n'est-ce pas ?
Oui, Señor...

Heureusement que nous sommes arrivés bien à temps: le train va être bondé...

Mais voyons, ce que vous me demandez là est impossible... Je ne puis...
Obéis!... Tu sais ce qu'il en coûte de désobéir aux ordres de... qui tu sais...

Une demi-heure plus tard...
TUUUUT

Nous voilà partis... Curieux, il y avait tant de monde, et personne n'est monté dans notre compartiment...
VOITURE

Bon voyage, señores...

Le train roule depuis plusieurs heures...

Excusez-moi: je reviens dans un instant...

C'est drôle... Figurez-vous que nous sommes absolument seuls dans notre wagon...

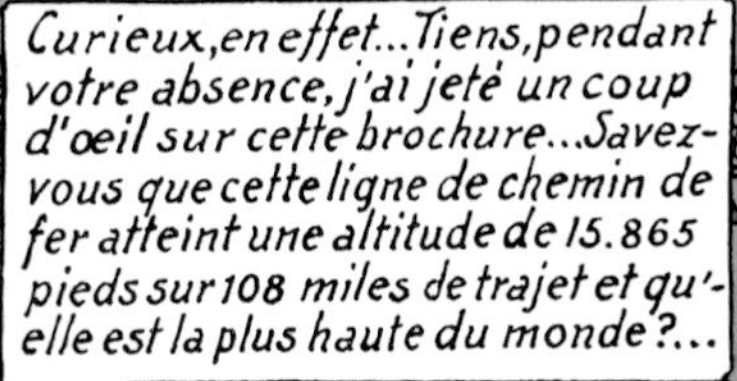
Curieux, en effet... Tiens, pendant votre absence, j'ai jeté un coup d'œil sur cette brochure... Savez-vous que cette ligne de chemin de fer atteint une altitude de 15.865 pieds sur 108 miles de trajet et qu'elle est la plus haute du monde?...

Ça ne m'étonne pas: nous grimpons sans arrêt...

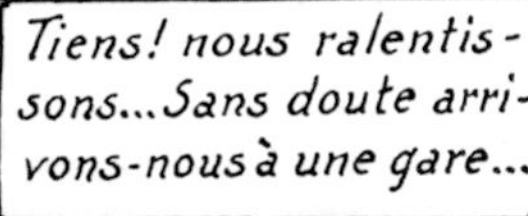
Tiens! nous ralentissons... Sans doute arrivons-nous à une gare...

!

Vite, capitaine, vite, sautons!... Notre wagon s'est détaché et va redescendre la pente...

Sautez, vite!...

À mon tour, maintenant!...

Mon Dieu! j'allais l'oublier!...

Eh bien! pourquoi ne saute-il pas, mille millions de mille sabords?...

Zut! un tunnel!... Milou!... Milou!

Aïe!...

Milou!... Milou!...

Ça, par exemple! il dort!

Allons, vite!
?

Trop tard, maintenant!... Je me tuerais!

Le frein de secours!... Je n'y avais pas pensé!

Allons-y: c'est notre dernière chance!

!
!

Du sabotage!... Je comprends tout, à présent!

Que faire?... Que faire?...

Un viaduc... Un cours d'eau... Milou, mon ami, il n'y a pas à hésiter...

Attention!... C'est le moment!

Tintin !...
Où est Tintin ?

?

BOUM
CRAC
Oh ! là-bas, le wagon qui dégringole... Il était temps que nous sautions...
!

Eh bien, mon vieux Milou, nous pouvons nous vanter de l'avoir échappé belle !
À qui le dis-tu !...

D'abord, nous sécher... Ensuite, nous essayerons de retrouver le capitaine...

Allons, Milou, encore un petit effort : nous y sommes...

En route, maintenant !... Allons à la rencontre du ca pitaine...

Toujours rien !... Se serait-il blessé en sautant ?

Que serait-il devenu ?...

Le voilà!...
Le voilà!...

Sain et sauf!... Quel bonheur!...

TUUUUT
!

Ohé!...Halte! ...Stop!... Arrêtez!

Vous étiez dans le wagon qui s'est détaché?... Vous avez pu sauter à temps?...Quelle chance!...

Je suis le chef de gare de la station suivante... Lorsque le train est arrivé, on a constaté qu'il manquait un wagon... Je suis désolé: c'est la première fois qu'un accident se produit sur cette ligne...
Un accident?... Vous voulez dire: un attentat...

Un attentat?... C'est impossible, voyons!
C'est cependant ainsi!... Mais ne perdons pas de temps: voulez-vous nous conduire à Jauga, où nous devions nous rendre...

Quelques heures après, à Jauga...
Un homme de petite taille, avec une barbiche noire et des lunettes?...Oui, il me semble...Attendez...Il était accompagné par des Indiens, n'est-ce pas?
C'est à dire qu'il était prisonnier de ces Indiens. Notre ami a été enlevé...

Enlevé par des Indiens?... Je... Hem... Alors, ce n'est pas l'homme que vous cherchez... Celui dont je vous parle avait l'air de suivre ces Indiens de son plein gré...
Evidemment, il avait été drogué!...

Vous croyez?...Non, c'est peu probable... Et puis, maintenant que j'y réfléchis, je me souviens...C'est cela, oui, l'homme qu'on a vu était grand, blond... et il avait le visage rasé...
Mais vous m'avez dit vous-même, il y a un instant...

Je m'étais trompé, voilà tout!... Je regrette de ne pouvoir vous être utile... Messieurs, l'entretien est terminé!...
!
!

Bizarre!...Que signifie la volte-face du commissaire?...On dirait qu'il craint d'être mêlé à cette histoire...Aurait-il peur des Indiens?...
POLICE

Il n'y a plus qu'une solution: interroger, chacun de notre côté, quelques indigènes...
D'accord!...Rendez-vous devant la gare, dans une heure...

Un homme de petite taille, avec une barbiche noire et des lunettes... Vous pas vu lui ?...
No sé !

Petite taille... barbiche... lunettes... Vous pas vu lui ?...
No sé !

Vous pas vu lui ?...
No sé !

No sé ! No sé !... Ils n'ont que ces mots-là à la bouche, ces bougres de Canaques de tonnerre de Brest !...

?
La charité, mon bon señor...

No sé !
?

Pendant ce temps-là...
No sé ! No sé !... Pas moyen d'en tirer davantage... Ils doivent cependant savoir quelque chose... On dirait qu'ils ont peur...

Tiens, je vais encore interroger ce petit marchand d'oranges...
...Qui te dira, lui aussi, "no sé"...

Tiens, voilà Zorrino... Ne bouge pas: on va rire !...

Ha! ha! ha! ha!
Ha! ha! ha! ha!

Ha! ha! ha! ha!
Ha! ha! ha! ha!

Tu cherches quelque chose, petit ?...
Aaaaaah !

Brute !...

Vous n'avez pas honte ?...
Martyriser ainsi ce garçon ?...

?

De quoi te mêles-tu, toi ?
Laisse, Pedro, laisse !... Je vais m'expliquer avec Monsieur...

Tiens ! attrape ça !...

Ah ! canaille ! tu crois que... Tiens !...

Sale petite vermine, encaisse ceci !...
Attention ! le mur !...

Cette fois, je ne te raterai plus !

AOUW !
Je suis désolé... Je...

!
AAAÏÏE !

AOUW !
Wouah ! Wouah !

Milou !... Ici, Milou !... Stop !... Ça suffit.

Tout ça ne nous apprend toujours pas où est passé monsieur Tournesol.

Psttt !... Señor !... Toi t'arrêter, señor... Toi m'écouter...
?
?

Toi pas regarder de ce côté... Toi rattacher lacet de ton soulier...

Moi savoir où être homme que toi chercher... Toi acheter armes et venir demain, lever du soleil, au pont de l'Inca... Moi te conduire... Toi compris?.. Pont de l'Inca, lever du soleil... Toi partir maintenant, vite!...

C'est inouï! voilà un guide qui nous tombe du ciel!

Et si c'était un piège?

Toi écouter moi, señor...
?
?

Moi t'avoir vu prendre défense petit Indien... Toi très bon... Toi très courageux...
Euh... Je... Qui êtes-vous?

Moi te donner bon conseil... Toi pas partir à la recherche de ton ami, sinon toi courir beaucoup dangers...
Comment le savez-vous?

Moi savoir, señor... Toi te souvenir wagon détaché... Toi avoir eu beaucoup chance, cette fois-là... Mais toi pas toujours avoir chance... Toi écouter moi: toi pas partir...
Moi remercier toi, mais moi partir tout de même!

Très dommage pour toi... Mais puisque toi vouloir partir quand même, toi prendre ceci... Très bon, écarter danger...

Une petite médaille... Et puis alors, qu'est-ce que...

!

Le lendemain, à l'aube...
Eh bien, mille sabords! où reste-t-il, celui qui devait nous conduire?

Pssst... Psssst!...
!
!

Vite, señores!... Vous venir vite!
Attention! soyons sur nos gardes...

C'est lui... C'est le petit marchand d'oranges dont je vous ai parlé hier...

C'est donc toi qui...
Oui, c'est moi t'avoir parlé hier, derrière le mur... Si Indiens voir moi te parler, moi mourir tout de suite... Toi venir, maintenant...

Toi m'attendre de l'autre côté du pont... Moi revenir tout de suite...

Eh bien, où court-il?...
Je ne sais pas. Il m'a demandé de l'attendre quelques instants...

Tonnerre de Brest! des lamas!...
Pour porter provisions, señores... Voyage très long!

Tu ne te figures tout de même pas que je vais voyager en compagnie de ces bougres de jets d'eau ambulants, non!...
Lamas très doux, señor... Toi pas avoir peur...

Peur?...Moi?...Peur de ces espèces d'imitations de chameaux?...Il me suffira de les regarder une seule fois dans le blanc des yeux pour qu'ils soient matés à tout jamais...

Comme ça...Voilà!...

OULALAAAH!...

Misérable iconoclaste!...
Toi pas frapper señor!...

Quand lama fâché...
Oui, je sais, mille sabords!... Quand lama fâché, lui toujours faire ainsi!...

Allons, assez perdu de temps!... Nous y sommes?... Au fait, quel est ton nom?...
Zorrino, señor...

Alors, Zorrino, tu sais, toi, où se trouve l'ami que nous cherchons?... Pourtant, pas un seul des Indiens que j'ai interrogés n'avait l'air de le savoir...
Eux savoir comme moi, señor... Mais eux rien dire à señor étranger... Eux peur...

Peur de qui?...
Peur Inca, señor... Vengeance Inca toujours terrible quand Indien dire à Blanc quoi Blanc peut pas savoir...

L'Inca... L'Inca... Il y aurait donc encore un Inca?... À notre époque?... C'est incroyable...
Blancs ignorer señor. Toi seul savoir, maintenant...

Grâce à toi, bien sûr!... Mais dis-moi, Zorrino: tu n'as donc pas peur, toi, de l'Inca?...
Moi seul, alors moi peur: avec toi, moi pas peur!...

Et le soir...
Ça "chulpa", señor, vieux tombeau inca. Nous passer nuit là, et repartir demain matin...

Je prendrai la première garde... Puis, vers minuit, je vous réveillerai, et vous prendrez ma place...
D'accord.

Bonne garde, capitaine... Et n'oubliez pas de me réveiller...
Sois tranquille, fiston!... Et dormez bien, tous les deux...

Bonne nuit, Zorrino!
Bonne nuit, señor Tintin!

Pas d'erreur, ce sont bien des fleurs d'Inca...

Excusez-moi, monsieur l'Inca, mais avez-vous votre permis de chasse?

Mon permis de chasse?... Misérable sacrilège! que le feu du ciel s'abatte sur ta tête!...

Mon Dieu, quel cauchemar!... Et c'est ce rayon du soleil qui... Mais, au fait...
!

Ça, par exemple! On m'a laissé dormir!... Capitaine!... Eh bien, Capitaine?...

Capitaine!... Capitaine!... Zorrino!...

...Orrino!
...Orrino!
Seul l'écho répond... Que sont-ils devenus?...
Tiens, un écho à deux coups!

Mais soyons prudent: d'abord, ma carabine!

Ah! ça, par exemple! elle a disparu!

Le bonnet de Zorrino: c'est tout ce que je trouve encore...

WOUAH! WOUAH! WOUAH!
?

Qu'a-t-il découvert là?
WOUAH! WOUAH!

!

Au nom du ciel! capitaine, dites-moi...
Au nom du ciel! délivrez-moi d'abord!... Vite! ou je vais devenir enragé!

?

Mille millions... Je... Je...

Hourrah! je l'ai!

Voilà des heures que ce misérable reptile se promenait entre mes omoplates!
Un lézard!

Attention!
Eh bien, quoi? C'est un lézard démontable?

WOUAH! WOUAH!

WOUAH! WOUAH!

Me direz-vous enfin...
Eh bien, voilà. Il devait être près de minuit. Je marchais de long en large afin de me réchauffer, lorsque tout à coup une ombre a surgi devant moi. Je n'ai pas eu le temps de faire un geste... pan!... j'ai reçu un coup violent sur la tête... Lorsque je suis revenu à moi, j'étais là, comme vous m'avez trouvé: ligoté, bâillonné, avec ce lézard dans le cou... Et Zorrino où est-il?

Disparu, capitaine, ainsi que les lamas, les provisions, et, chose plus grave, nos carabines!
Nos carabines!... Ah! les bandits!... Ah! les flibustiers!... Ah! les pirates!

Qu'allons-nous faire, tonnerre de tonnerre de Brest!
Avant tout, essayer de retrouver Zorrino. Ensuite, l'arracher des mains de ses ravisseurs.

Milou!...
Ici, Milou!

Milou, c'est à toi, maintenant, de nous tirer d'affaire... Voici le bonnet de Zorrino... Vas-y!... Cherche!...

En avant!... Suivons-le!
WOUAH! WOUAH!

Eh bien, comme macadam, c'est réussi!

Et deux heures plus tard...
Halte!... Les voilà!...

Le chemin redescend par ici... Ils vont passer juste en dessous de l'endroit où nous sommes...

En coupant par les rochers, nous pouvons les surprendre au passage... Milou, toi, tu resteras ici... Allons, capitaine!
Nous allons nous rompre les os, c'est certain!

Prenez d'un autre côté, capitaine: ce passage-ci est trop difficile.

Il était temps!... Les voilà!... Attention!... Pas de bruit...

AÏE
?

!
?

Aïe! il est tombé!... Pourvu que... Non, il ne s'est rien cassé... Il se relève... Il est pris!

Voilà le dernier qui arrive... Les autres sont hors de vue... N'hésitons plus...

Que se passe-t-il là-bas?...

Toi nous dire si ton ami avec toi ?... Où Tintin ?...
No sé!...

Toi savoir... Toi nous dire où il est, sinon, toi mourir...
Et moi je vous dis zut!... Et zut!... Et encore zut!... Et...

Et puis... et puis... Et après tout, puisque vous y tenez tellement, le voilà, mon ami, là, derrière vous!
?
?

Les mains en l'air, d'abord!... Parfait!

Vous, capitaine, désarmez d'abord cet Indien... Là, très bien... Maintenant, détachez Zorrino... Moi, je les tiens à l'oeil!...

Content de te revoir, mon petit...

Ça y est ?...

All right!... Tout va bien!... En route!...

Attention!

Hourrah!

Allons, vite, capitaine, passez derrière moi . . .
Et vous autres, là-bas, du cal- me ! . . .
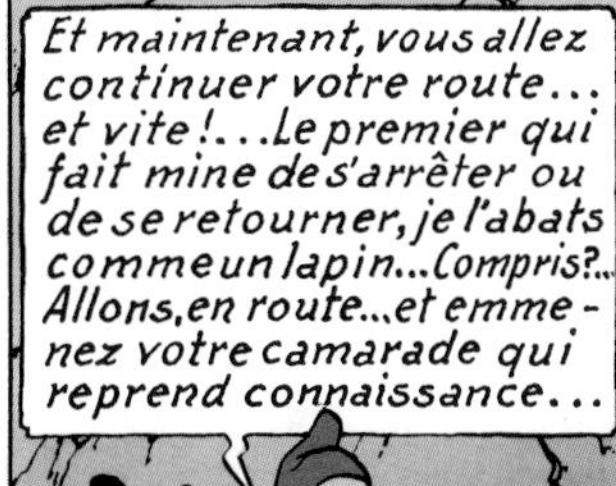
Et maintenant, vous allez continuer votre route... et vite!...Le premier qui fait mine de s'arrêter ou de se retourner, je l'abats comme un lapin...Compris?.. Allons, en route...et emmenez votre camarade qui reprend connaissance...

J'ai dit : vite ! ...
Nous pas pressés ...

PAN
CLAC

Je crois que, cette fois, ils ont compris...Je puis rejoindre mes compagnons ...
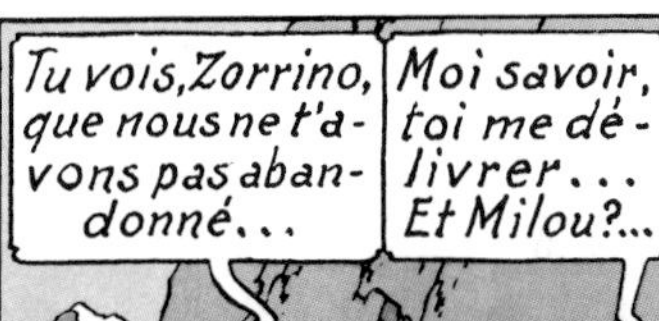
Tu vois, Zorrino, que nous ne t'avons pas abandonné...
Moi savoir, toi me délivrer... Et Milou?...

Milou, nous l'avons laissé un peu plus haut: il n'aurait pas pu nous suivre...Tiens, le voilà!...
Bonjour, Milou!...

Wouah! Wouah!

?
Wouah! Wouah!

Moi, j'aime voir les choses de haut!

Oooh! un condor...
!

Wouaaah!

Tonnerre de Brest!
Que faire, mon Dieu! que faire?... Je ne puis pourtant pas tirer...

WOUAH!
Milou! Mon pauvre, pauvre Milou!...

Là... Voyez... Il se pose sur un rocher... C'est le moment ou jamais... Au nom du ciel, visez juste!

PAN

Hourrah!

Et maintenant, vite! des cordes, un foulard... Il s'agit d'aller au secours de Milou...
Malheureux! Vous n'allez pas faire ça!

Vous ne pensez pas, capitaine, que je vais laisser Milou là-haut, blessé, mourant peut-être...
Tintin, je vous l'assure, vous allez vous tuer!

Milou!... Milou!... Pas de réponse...

Milou!... Milou!...

Toujours rien!...

!?
Ah! c'est toi?... Tu sais, ils ont un garde-manger magnifique, ces oiseaux-là!

Ouf! je respire!... Le voi-
là sauvé!... Momenta-
nément du moins, car
le malheureux va de-
voir redescendre...

Tu aurais pu me répon-
dre, non?.. Tu es incor-
rigible!... Maintenant,
tiens-toi tranquille!

Allons-y!... Laissons-nous
doucement descendre...

Oh! là là!... Oh!
que ça tourne...
Ma pauvre tête!...

Mille tonnerres!... Re-
garde, Zorrino, là!...
Là!... Un autre condor!...
Vite, ma carabine!...

PAN

PPIIUW

Raté, tonnerre de
tonnerre de Brest!...
Je ne puis plus ti-
rer, maintenant : le
condor est sur lui!

Le malheureux!
ah! le malheureux!
il va devoir lâcher
prise!

Je n'en puis plus... Ris-
quons le tout pour le tout!

?
HOP!

Mille sabords! qu'a-t-il
fait là?... Mais, ma pa-
role, il s'est accroché
aux pattes du con-
dor!... Comment cela
va-t-il finir?

Drôle de
parachute!...

Sauvé!

Pirate!... Doryphore!... Moule à gaufres!... Attends que je te déplume, espèce de chouette mal empaillée !

Quelques minutes plus tard...

Pays de sauvages, mille sabords!...Des montagnes, toujours des montagnes, et des tas de sales animaux!...

C'est encore loin, Zorrino?
Loin, señor, très loin!... Encore longtemps marcher, très longtemps, beaucoup de jours!... Encore franchir hautes montagnes de neige...

Les jours passent...

Et un matin...

Nous arriver col, señores... Là beaucoup danger... Vous pas faire bruit, vous pas parler, sinon avalanches...
Compris, fiston, on y veillera.

Brrr! quel froid de canard... Pas de doute, je vais m'enrhumer... Qu'est-ce que je disais... Là, ça y est... Aaaah!... Aaaah!...

AAAAAAH...

TCHOUM

BRRROUM
BRRROUM
Une avalanche!...
?

Vite!... Derrière ce rocher...

Ouf! je respire... Eh bien, nous avons eu de la chance!... Maintenant, vite! dégageons Zorrino!

Où lamas?... Où capitaine?...
Je ne sais pas, Zorrino... Ensevelis quelque part sous la neige... Pourvu qu'on les retrouve...

Capitaine!... Capitaine!...
Attention!... Toi pas crier!...

Sapristi, c'est vrai!... Pourvu que... Non, plus rien ne bouge!

Wouah! Wouah!

Le capitaine!... Il a senti le capitaine...

Allons-y... Au travail... Cherchons...

Le voilà!...

Mon Dieu! il ne donne plus signe de vie... Vite, dégageons-le...

Le malheureux! il est gelé!

Il faudrait tout de suite le frictionner à l'alcool, mais où en trouver?... Oh! il doit certainement en avoir un flacon dans sa poche-revolver...

Voilà!... J'en étais sûr.

Voyons ce que c'est...

?

Du whisky... Ça ira.

!!!

?

Attention, capitaine, pas trop vite!... Et ne buvez pas tout!...

Là-haut, señores... Lamas pas morts...

Bon!... Hic... Ça va!... Je... Je... Je... vais les chercher!...
Non, non, capitaine! J'irai moi-même...

Silence! mille sabords! ou j'éternue... C'est m-m-moi qui s-s-suis... hic... la c-c-cause de tout ce qui est arrivé... C'est moi qui... qui... hic... qui irai les chercher!
Mais...

Ici, espèces de mérinos mal peignés!... Ici!...

Bougres de phénomènes de tonnerre de Brest! Ils s'enfuient dès que je m'approche d'eux!...

Ici, bougres de zouaves!... Ici, mille sabords!... Ici!...
Quelle nouvelle catastrophe va-t-il encore déclencher?

Les voilà!... Ils ont sans doute été surpris par une avalanche: ils ne sont plus que deux.
Tant mieux! nous n'en règlerons que plus facilement leur compte!

Ah! ça... Je... Je n'ai pas la berlue!... Quels sont ces individus?... Mille sabords! ce sont les Indiens qui avaient enlevé Zorrino!

Au large, canailles !... Au large, flibustiers !...

Au large, bande de Zapotèques !...
A qui peut-il adresser toutes ces injures ?... Allons voir !

Patagons !... Bachi-Bouzouks !... Marchands de tapis !... Tchouk-tchouk nougats !...
Vas-y !... Tire !...
J'attends qu'il soit plus près...

Mon Dieu !... Encore ces Indiens !... Mais regarde-les détaler, Zorrino !... Et ce pauvre capitaine, où va-t-il s'arrêter ?

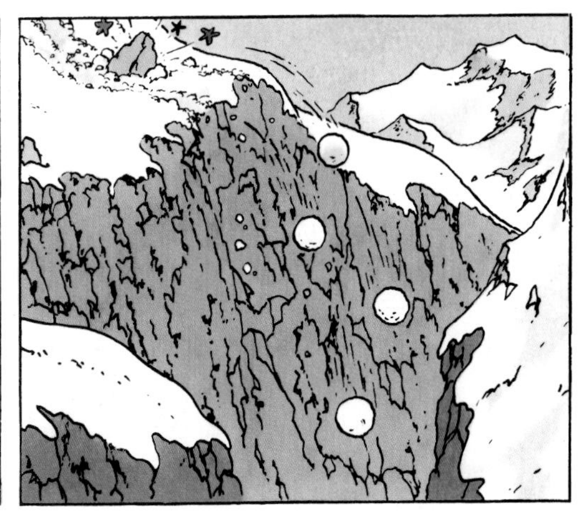

Eh bien! Zorrino, il y a un dieu pour les amateurs de whisky...

Rien de cassé, capitaine?... Non?... Ah! tant mieux!... Sans le faire exprès, je crois que vous nous avez définitivement débarrassés de ces bandits... A présent, retournons là-haut... Ça ira?
Oui, oui...

Mais j'y songe, où est Milou?... Voilà un bon moment déjà que je ne le vois plus auprès de nous... Milou?... Milou?...

Milou!... Milou!... Où a-t-il bien pu passer?

Brave Milou! qui est parvenu à dénicher la casquette du capitaine...

Votre casquette est retrouvée, c'est parfait. Mais, malheureusement, nous avons perdu les lamas, et, par conséquent, plus de vivres, plus de munitions...
Comment, plus de munitions?

De ce côté-là, soyez tranquille. Regardez: j'ai deux boîtes de cartouches dans ma poche.
Quelle chance! Ainsi nous pourrons, s'il le faut, vivre du produit de notre chasse... Et gardez soigneusement le papier: il pourra nous servir pour allumer du feu.

Après de longues heures de marche...

Là, vous regarder. Demain, nous entrer forêt vierge...

C'est dans cette forêt que se trouve le Temple du Soleil?
Non, señor, encore plus loin. Nous traverser forêt, puis encore hautes montagnes...

Mille sabords! ça n'en finira donc jamais?... Je commence à en avoir assez, moi, de cette petite excursion!

Stop!... Regardez, là, une grotte!... Si on s'arrêtait là pour passer la nuit?
C'est une idée, mais...

Soyez tranquille. Je vais d'abord y jeter un coup d'œil...

Ça va !...

Ça va... Vous pouvez venir... L'endroit est très confortable...

Eh bien, quoi ?... Qu'est-ce que vous avez à gesticuler ainsi ?...

Comment ?... Quoi ?... Qu'est-ce que vous dites ?... Criez plus fort, je ne comprends pas !...

Quoi ?... Mais criez donc plus fort, tonnerre de Brest !

Un ours !... Là, derrière vous !...

!!!!

Le lendemain...

Ça va, capitaine ?...

Non, ça ne va pas !... On dirait vraiment qu'il n'y a que des moustiques dans ce pays de tonnerre de Brest !

Mille millions de sabords ! Attrape, sale bête !

HA-HA-HA-HA-HA-HA
HA-HA-HA-HA-HA-HA-HA-HA
!

HA-HA-
HA-HA
HA-HA-HA-
HA-HA-HA
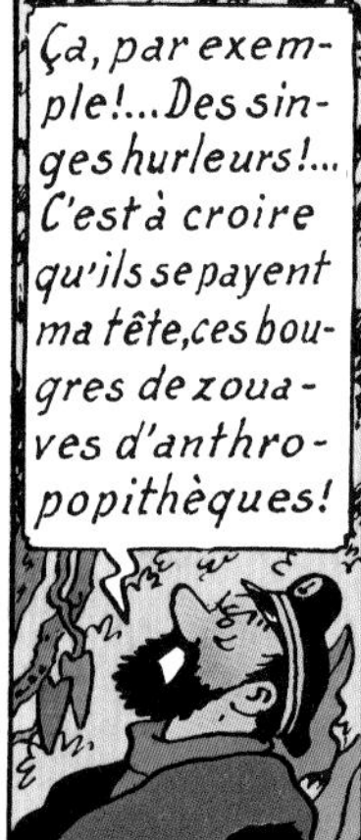
Ça, par exemple!... Des singes hurleurs!... C'est à croire qu'ils se payent ma tête, ces bougres de zouaves d'anthropopithèques!

Vous avez de la chance que nos cartouches sont comptées, sinon...

PLOUF
!

Mille millions de mille sabords de tonnerre de Brest!... Tout ça à cause de ces espèces de macaques!... Que le diable les emporte!...

Non, non, ce n'est rien... Un simple faux pas dans une petite mare...
Ah! bon! Tant mieux!

AU SECOURS
?
Ça, c'est Zorrino!

Vite!

PAN

Eh bien, Zorrino, mon petit, il était moins cinq...
Toi encore sauvé moi, señor Tintin...

CRAC
CRAC
CRAC
?
?

¿

CRAC CRAC CRAC

Dites-moi toute la vérité ! Ne me cachez rien! C'est un autobus, n'est-ce pas, qui m'a renversé?
Mais non, capitaine, c'est un tapir...

Quand tapir pressé, señor, lui aller droit devant lui, lui prendre garde aucun obstacle. Mais tapir pas méchant, lui pouvoir facilement être apprivoisé.
Ah! oui?... Eh bien, le prochain que je rencontrerai c'est à coups de carabine que je l'apprivoiserai, moi!

En tout cas, une chose est certaine: mes prochaines vacances, c'est ici que je viendrai les passer. C'est vraiment un endroit de tout repos...

Ah! ces sales moustiques, mille sabords!

Ici, clairière. Bon endroit pour passer la nuit...
Excellente idée...

Et la nuit venue...

Le lendemain, à l'aube...
RRRON

RRRON RRRON RRRON

!

Mmmmh... Milou... Allons, M-M-Milou... Laisse-moi tranquille...
?

AU SECOURS!
!

!
Au large! espèce de Cyrano à quatre pattes!...

Rassurez-vous: ce n'est qu'un brave fourmilier tamanoir qui est venu vous dire bonjour...
Toi être couvert four-mis... Tamanoirs manger four-mis...

Et les jours passent...

Là-bas, bientôt, grande rivière... Nous devoir traverser...
Et comment?... A la nage?...
Sales bêtes!...

Vous attendre ici, señor... Zorrino bientôt revenir...
Ça va...

Comme c'est curieux, tous ces troncs d'arbres qui flottent sur la rivière...
Des troncs d'arbres?... Ne vous y fiez pas, fiston!... Ce sont des alligators!

Des alligators!... Ça, par exemple!... J'aurais juré que...
Oui, oui, évidemment... Mais moi, je m'y connais!

A MOI, TINTIN!

PAN

Hem!... Je... Euh... Merci, fiston... Je... Vous voyez bien que...
En effet, capitaine... Mais, à présent, le voilà aussi inoffensif qu'un tronc d'arbre véritable...

CRAC

Ce n'est rien... C'est Zorrino qui a fait craquer une branche morte.
Vous venir, señores. Moi trouvé pirogue.

Voilà...

Mes enfants, attention! Je crois que ça va chauffer... Les voilà!... Ils nous ont repérés.

PAN

PAN
PAN

PAN

PAN

!

PAN

PAN

Sales bêtes!...Je m'en vais les exterminer...
Non, non! ne gaspillez pas nos munitions...

Sale pays de tonnerre de Brest!... Quand donc en sortirons-nous?...
Demain, señor capitaine, nous quitter forêt.

Et le lendemain soir...
Nous camper ici, cette nuit... Là-haut, derrière montagnes, Temple du Soleil...

Le lendemain matin...
En route!... Ça, par exemple! Où as-tu déniché ces cordes?
Sans doute nous avoir besoin de cordes ... Moi les fabriquer ce matin avec lianes...

Diable! le Temple du Soleil est bien défendu... Ce torrent est infranchissable... Plus loin, peut-être, trouverons-nous un passage...

Et deux jours plus tard...

Rien à faire, capitaine... Nous allons essayer de passer ici... Il y a là un piton rocheux autour duquel nous pourrons lancer une corde...
Ça va!

Allons-y!

Hourrah! ça y est!

Voilà l'autre bout fixé à un arbre... Et maintenant, qui passe le premier?

Zorrino, avec fusil Tintin, pour prouver corde très solide!

Il a du cran, ce petit!
Sois prudent, Zorrino!

Et voilà!
Bien... A mon tour maintenant...

Tonnerre de Brest! Il s'agit d'avoir le pied marin!

Mille sabords! Ma casquette!

Au nom du ciel, lâchez cette casquette, capitaine!... Vous allez tomber!...

Jamais de la vie!... J'y tiens, moi, à ma casquette!

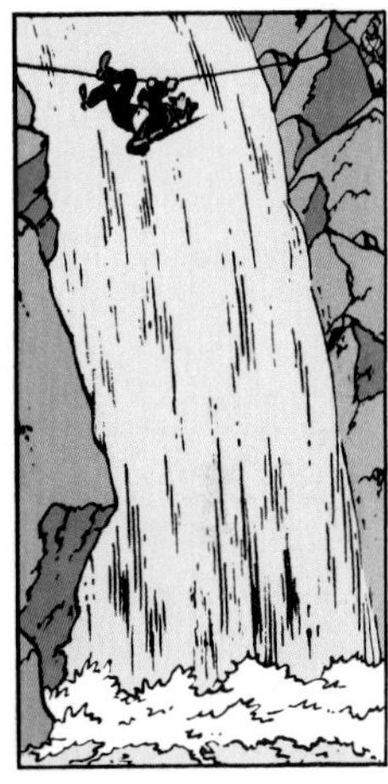

Ouf! ça y est!
A moi, maintenant.
Aïe! aïe! aïe! encore des acrobaties!...

Allons, Milou, tiens-toi tranquille... Nous y sommes...
Wouaaah!
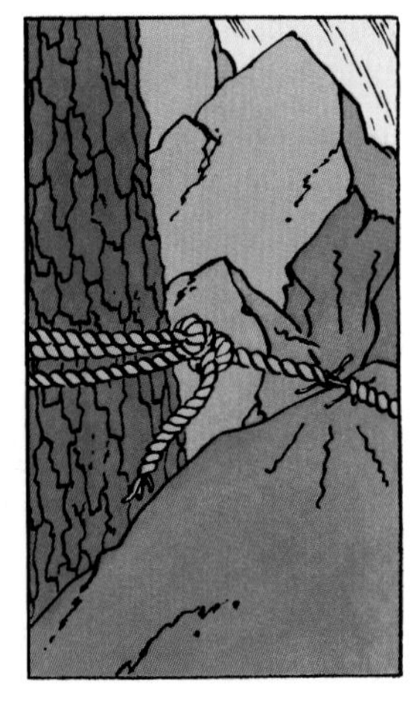

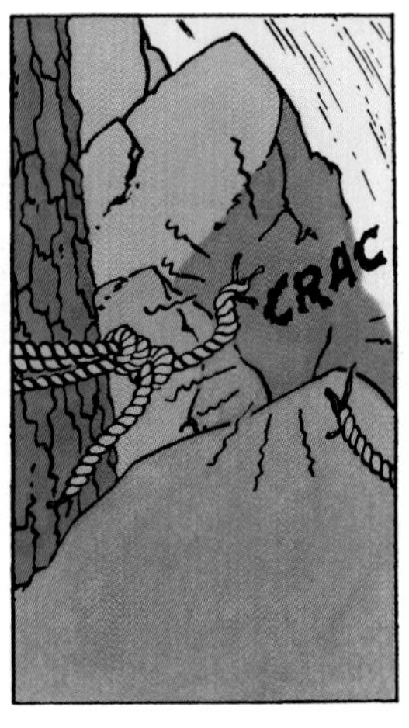
CRAC

?

Horreur!...

Tintin ! Tintin !

Non...Rien...Je ne le vois pas... Voyons, ce n'est pas possible... Il est excellent nageur... Il va reparaître à la surface...

Rien... Rien... C'est fini... Il s'est noyé... Mon Dieu, c'est épouvantable !
!

Noyé ?... Noyé ?... Tintin ?... Tintin pas mort, n'est-ce pas, capitaine ?
Hélas ! Zorrino !...

Hélas ! mon pauvre Zorrino, nous ne le verrons plus... C'est fini... Fini !

Ohé !
?
?

Voyons... Cette voix !... Est-ce que je rêve ?... Ce n'est pas lui...
Si, si !... Ça voix de Tintin !...
Capitaine !... Zorrino !...

Tintin !... Tintin !... Est-ce bien vous ?... Où donc êtes-vous ?
Ici, derrière la chute d'eau...
Wouah ! Wouah !

Derrière la chute d'eau ?... Comment, derrière la chute d'eau ?
Descendez !... Vous allez voir...

Approchez !... Bon... Regardez maintenant le bas de la chute... Je vais lancer une pierre pour vous indiquer où je suis...

Voilà !
!
!

Vous avez vu ?... Bien... Je crois que j'ai découvert quelque chose de très intéressant !... Remontez chercher la corde... Attachez-y une grosse pierre et lancez-la moi...
Ça va.

Voilà qui est fait...
Je vous la lance...

Très bien!

Attachez solidement le bout de la corde à un rocher. Moi, je fais la même chose de ce côté-ci.
O.K.

Voilà, ça y est!

Parfait. Et maintenant, venez me rejoindre.
?

Com... Com... Comment?... Vous rejoindre?... N'est-ce pas vous, au contraire, qui...
Non, non! Tenez-vous fermement à la corde et passez à travers la chute... Ce n'est qu'un mince rideau d'eau, vous verrez...

Mais... Mais... Vous êtes sûr que...
Oui, oui! Allez-y!

A-Dieu-vat, puisqu'il le faut!

Et voilà!
!

Ça mille sabords!... Mais où sommes-nous donc?
Un instant... J'appelle Zorrino...

C'est extraordinaire... C'est inouï... C'est incroyable...
A ton tour, Zorrino!...

Et hop! ça y est!
!

Content de te retrouver, Zorrino !
Tintin!... Ah Tintin!... Zorrino a eu beaucoup peur..... Toi pas blessé?

Rien, pas une égratignure... Je suis tombé à l'eau...et puis... je ne sais plus. J'ai été pris dans un tourbillon.. Je me suis débattu... Et quand je suis revenu à la surface je me suis retrouvé ici...

Et je crois que, par un hasard vraiment providentiel, j'ai découvert une ancienne entrée du Temple du Soleil... Une entrée probablement oubliée des Incas eux-mêmes... D'ailleurs, nous verrons bien.

Mais, bon sang! il doit faire noir comme à l'intérieur d'un cachalot, là-dedans!
Je le croyais comme vous. Mais je suis allé voir. Les rochers sont couverts d'une matière phosphorescente qui diffuse une certaine lumière... Nous y allons?

Surtout, pas de bruit!... Soyons prudents!... J'ai l'impression que nous ne sommes plus loin de monsieur Tournesol.

Allons-y... Continuons...

Où allons nous aboutir?...

Continuons toujours... Nous verrons bien...

Oh! Oh! voilà qui est plus grave!... Le couloir est obstrué!... Plus moyen de continuer!...

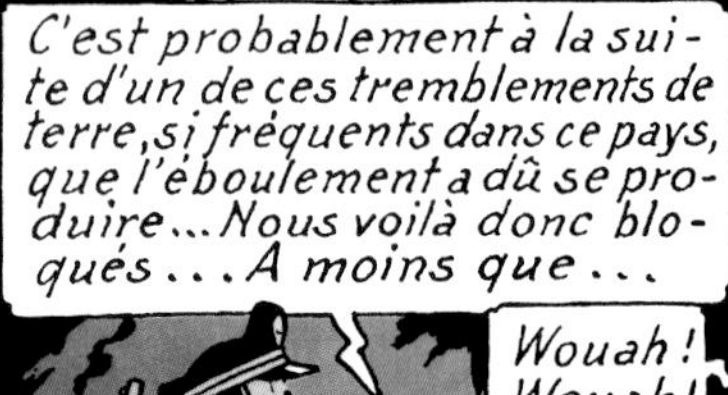
C'est probablement à la suite d'un de ces tremblements de terre, si fréquents dans ce pays, que l'éboulement a dû se produire... Nous voilà donc bloqués... À moins que...
Wouah! Wouah!

Wouah! Wouah! Par ici la sortie!

Milou semble nous indiquer quelque chose... Là, en effet, on dirait qu'il y a un passage... Prends ceci, Zorrino, je vais essayer de m'y glisser...

Ça ira ?
Je l'espère...

Ça va ?
Jusqu'à pré-sent, oui...

?

Je viens de déboucher dans une sorte de grot-te... Je vais voir s'il y a moyen de... OH!...
Mon Dieu qu'y a-t-il ?

!

Je... Hem!... Euh... Beau temps, n'est-ce pas ?

Vous... euh... vous par-lez français ?... Non ?... Es-pagnol, évidemment... Non plus ?... Do you speak english ?... Non plus ?...

Mais, ma parole ! ce vi-sage immobile... Ce re-gard fixe... Je me demande si...

?

Sapristi ! C'est tout le contenu d'une tombe qui vient de dégringoler là !

L'hypothèse du tremblement de terre se confirme... Allons voir ce qu'il y a de l'autre côté...

?

Des momies incas... Nous sommes bel et bien dans un tombeau...

Si l'on parvenait à faire bascu-ler cette dalle... Mais, seul, je n'y arriverai pas... Je vais ap-peler les autres...
Il a mau-vaise mine, celui-ci...

Allo!... Capitaine! ...Zorrino!... Venez, j'ai besoin de votre aide...
Ça va, nous arrivons...

Vas-y le premier, Zorrino... Je te passerai ensuite les carabines et les ponchos...

Toi donner moi les fusils, señor capitaine...
Les voici...

Ici fusils, Tintin...
Merci, Zorrino...

Oh! chambres des morts, ici!
Eh! oui, Zorrino, nous n'avons pas le choix...

Ah! à mon tour, maintenant...

!
?
TUUUT

Mais, sapristi! c'est Milou qui a fait ce bruit-là!...Qu'est-ce que cela signifie?...
Ça, par exemple! ils ont des os à musique, dans ce pays...

Flûte des morts, Tintin... Incas fabriquer flûtes avec os des morts...
Une flûte sculptée dans un tibia!... Et c'est Milou qui a soufflé dedans par mégarde...

Et bien, capitaine, où restez-vous?

Ah! ça, mille sabords! mais c'est une tombe, ici!...Eh bien, c'est gai!...
Que voulez-vous, capitaine, il n'y a pas moyen de faire autrement.

Dites donc, c'est pour me présenter à cette paire de joyeux trompe-la-mort que vous m'avez fait venir ici?

Non, non, capitaine c'est pour autre chose... Je suis persuadé que nous touchons au but... Voyez-vous cette dalle?... Nous allons essayer de la faire basculer... Et qui sait? Peut-être que derrière...
Peut-être, en effet...

Eh bien, allons-y... Une... Deux... Trois... Hop!...

Ça va!... Elle a bougé!... Encore un effort... Une... Deux... Hop!...

!

Qu'on se saisisse de ces sacrilèges!

Arrière, poussières!... Au large, espèces d'Incas de carnaval!...

Va-nu-pieds!... Bandes de zapotèques!... Moules à gaufres!... Anthropopithèques!... Lâchez-moi, bande de sauvages!...

Bien... Qu'on les enferme avant de les faire comparaître devant l'Inca.

!!!!

Tas de cornichons !... Ecto - plasmes !... Grands lâches !... Doryphores !... Terroristes !...
Allons, Zorrino, ne pleure pas !... Nous en sortirons, tu verras ...

En sortir, oui... Mais comment ?... Pauvre gosse !

Tiens ! Qu'est-ce que c'est que ça, au fond de ma poche ?

Ah ! oui, la médaille que j'ai reçue de cet Indien, à Jauga... Je l'avais tout à fait oubliée...

"Puisque toi vouloir partir quand même, toi prendre ceci... Très bon écarter danger"...

Qui sait si... C'est peut-être une sorte de talisman qui protège celui qui le possède... Et, dans ce cas, l'un de nous aurait la vie sauve...

Tiens Zorrino, voilà quelque chose pour toi... Garde-le précieusement: cela pourra peut-être te servir...

Vous venir... Inca attendre vous...
Ah ! Ah ! il nous attend !... Eh bien, je m'en vais lui dire ma façon de penser, moi, à ce monsieur !...

Du calme, capitaine, du calme, je vous en conjure...

Sapristi ! voilà l'Inca !

Regardez... Cet Indien, à la droite de l'Inca... Vous voyez ?... Et bien, c'est Chiquito, l'ancien partenaire du général Alcazar, que j'ai retrouvé à bord du "Pachacamac".

Etrangers, je desire d'abord savoir de quelle manière, et à la suite de quelles complicités, vous avez réussi à pénétrer dans le Temple du Soleil.

Je... Hem... Noble Fils du Soleil, c'est par un pur hasard que nous avons découvert l'entrée du Temple. Elle se trouvait derrière une chute d'eau dans laquelle j'étais tombé...

Bien. Quoi qu'il en soit, notre loi ne prévoit qu'un châtiment pour ceux qui se risquent à pénétrer dans le temple sacré où nous perpétuons le culte du Soleil, et ce châtiment, étrangers, c'est la mort !

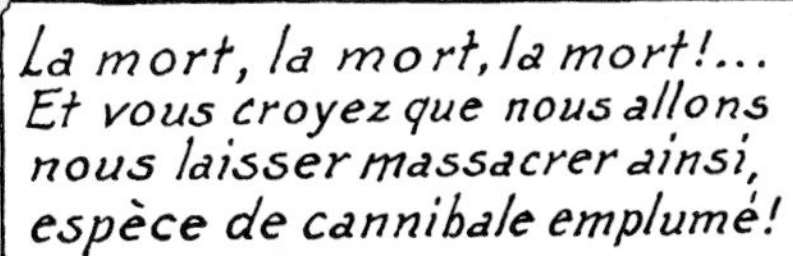

La mort, la mort, la mort!... Et vous croyez que nous allons nous laisser massacrer ainsi, espèce de cannibale emplumé!
De grâce, capitaine, taisez-vous!

Noble Fils du Soleil, permettez-moi de vous expliquer ce qui s'est passé. Notre but n'a jamais été de commettre un sacrilège. Simplement, nous étions à la recherche de notre ami, le professeur Monsieur Tournesol qui...

Votre ami a osé se parer du bracelet sacré de Rascar Capac. Votre ami sera, lui aussi, mis à mort!...

Vous n'avez pas le droit de tuer cet homme, mille sabords! Pas plus que de nous tuer, nous, mille tonnerres de Brest! C'est de l'assassinat pur et simple!

Aussi n'est-ce pas nous qui vous mettrons à mort. C'est le Soleil lui-même qui, de ses rayons, mettra le feu au bûcher qui vous est destiné.

Quant à ce jeune Indien qui a guidé ces étrangers et qui, de cette façon, a trahi sa race, il subira le châtiment réservé aux traîtres!... Qu'il soit immédiatement égorgé sur l'autel du Soleil!

Mille millions de mille sabords! le premier qui ose toucher à un seul cheveu de la tête de ce garçon, celui-là est un homme mort!
Grrrr!...

Mon Dieu, j'y pense!... Ta médaille, Zorrino!... Montre la médaille que je t'ai donnée...

?

Où as-tu volé cette médaille, misérable petite vipère!...

Moi pas volé, noble Fils du Soleil, moi pas volé!... Lui donné moi cette médaille!... Moi pas volé!

Et toi, chien d'étranger, où l'as-tu prise?... Sans doute, comme tes pareils en ont l'habitude, en violant la sépulture d'un de nos ancêtres!

Noble Fils du Soleil, je demande la parole...
!

C'est moi, ô noble Fils du Soleil, qui ai donné à ce jeune étranger la médaille sacrée.

Comment, toi, Huascar, un grand prêtre du Soleil, tu as commis le sacrilège de donner ce talisman à un ennemi de notre race?...

Ce n'est pas un ennemi de notre race, Seigneur... Je l'ai vu, de mes yeux vu, prendre tout seul la défense de cet enfant, que brutalisaient deux de ces infâmes étrangers que nous haïssons. C'est pour cela, sachant qu'il allait au devant de graves dangers, que je lui ai donné cette médaille. Ai-je mal fait, ô noble Fils du Soleil?

Non, Huascar, tu as agi noblement. Mais ton geste n'aura servi qu'à sauver la vie de ce jeune Indien, puisque le voilà protégé par ce talisman...

... et non celle du jeune étranger qui, par sa générosité, s'est privé de sa seule chance de salut. Nos lois sont formelles : il sera mis à mort, ainsi que son compagnon!...

Cependant, je désire leur accorder une grâce...

Allons! Il n'est pas si méchant qu'il en a l'air!

Et cette grâce, la voici... Dans les trente jours à venir, ils pourront choisir eux-mêmes le jour et l'heure où les rayons de l'astre sacré enflammeront leur bûcher. Je leur donne jusqu'à demain pour réfléchir et me porter leur répon se.

Quant à ce jeune Indien, il sera séparé de ses compagnons et il aura donc la vie sauve. Mais il restera jusqu'à sa mort dans ce temple afin que notre secret ne soit point divulgué au dehors.

A présent, qu'on emmène ces étrangers et qu'on les mette au secret jusqu'à demain... Tel est la volonté du Fils du Soleil!...

Eh bien, nous voilà dans de beaux draps!
Oui, c'est vrai... Mais il est heureux déjà que Zorrino soit sauvé, lui...

Tas de sauvages!... Je m'en vais fumer une pipe... cela me calmera les nerfs... Où est-elle? Ah! la voici... Et ça, qu'est-ce que c'est?...

Ah! oui, je me souviens... Le journal qui a servi à emballer nos cartouches...

Fini, maintenant... Nous n'en aurons plus besoin... Ce n'est plus nous qui devrons allumer du feu, à présent...

On l'allumera pour nous, tonnerre de Brest!

Que faire?... Comment sortir d'ici?...

Ces barreaux peut-être?... Non, hélas! ils sont solidement fixés...
?

Et puis, même si nous arrivions à les desceller, cette fenêtre donne sur un précipice.

Mille sabords! j'ai perdu mes allumettes!

Donnez-moi votre pipe, capitaine. J'ai une petite loupe...
Une loupe?...Ah! oui...

Mille sabords! Ça prend!
Oui, voilà, ça y est...

Ça y est!... C'est merveilleux!... C'est magnifique!...

Magnifique, oui... Et c'est certainement de la même manière que les Incas bouteront le feu au bûcher sur lequel nous serons grillés...

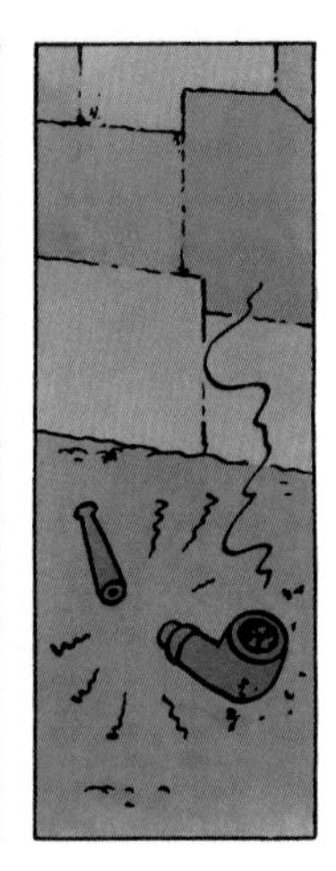

...A moins qu'ils n'utilisent des miroirs paraboliques, comme le fit Archimède pour incendier les vaisseaux romains qui assiégeaient Syracuse...
Ma pipe!

Ma pipe!...Ma pauvre pipe!... Elle est cassée, mille sabords!

Eh bien, Milou, que fais-tu là?...Où as-tu déniché ce papier?

Pendant ce temps, en Europe...
Chef, nous avons fouillé de fond en comble toute l'Amérique du Sud, sans aucun résultat. Tintin, le capitaine et le professeur Tournesol sont restés introuvables.
Je dirai même plus: introuvables.

Aussi avons-nous décidé d'entreprendre de nouvelles recherches, sur des bases toutes neuves, et avec des méthodes entièrement inédites.
Je dirai même plus: c'est ce que nous avons décidé.

Ah?... Et en quoi consistent ces méthodes?
Permettez-nous, chef, de garder à ce sujet un silence aussi compact que discret... Vous le savez, botus et mouche cousue, telle est notre devise.

La radiesthésie, mon cher, comme Monsieur Tournesol, voilà qui va nous mettre sur leur piste...

Qu'est-ce que c'est que ce morceau de journal?
Eh bien, c'est celui que vous m'aviez demandé de conserver et qui devait nous servir à allumer du feu.
Tu vas me le rendre, dis?...

Tiens! tiens! intéressant, cet article... Dommage que...
Wouah! Wouah!

!?

Milou!... Ici, Milou!... Lâche ce papier!

Milou, veux-tu m'obéir...

Milou!... Ici!

Milou! Milou!... Rends-moi ce journal!

Milou!... Saperlipopette!

Milou!... Veux-tu, oui ou non, cesser ce petit jeu?... Allons, ici!
Mais, c'est qu'il à l'air d'être réellement fâché...

Ah! je crois que je vais parvenir à la raccommoder...

Ça, par exemple, c'est vraiment curieux!... Quelle coïncidence!
Alors, quoi? On ne peut même plus jouer...

???!!! ?!
!+? = !!!
?X

Ça y est: elle est réparée!... Tintin, est-ce que vous ne pourriez pas...

YOUPiiiE!

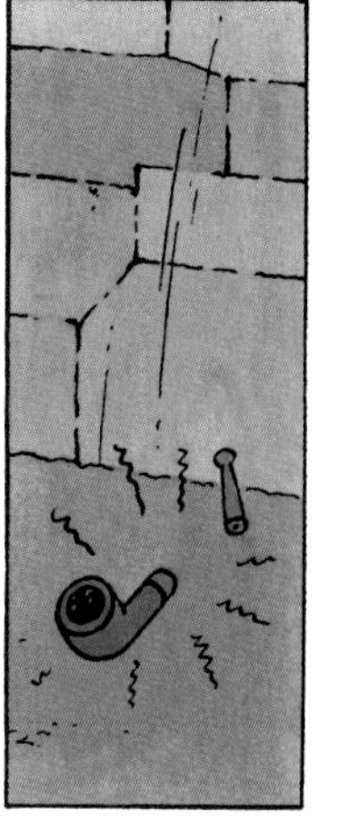

Au nom du Ciel, Tintin, que se passe-t-il?
Tra la la-itou!

Capitaine, capitaine, nous sommes sauvés !...
Sauvés ?...Comment ?...Expliquez-vous !...

Eh bien, voilà... Je... Et puis, non... Je crois qu'il vaut mieux que je ne vous dise rien. Je puis me tromper et je ne veux pas vous donner de fausses espérances...

Cependant...

Ecoutez, capitaine : faites-moi confiance et promettez-moi de m'obéir en tout, sans chercher à comprendre... Vous saurez plus tard.
D'accord, mais...

D'accord ?... Allons, bon : c'est donc promis !... Armons-nous de patience... En attendant, je vais vous réparer votre pipe...

Et pendant ce temps là...

Tiens, ils ne sont pas ici !... Curieux !... Le pendule indiquait pourtant qu'ils se trouvaient dans un endroit très élevé...

Le lendemain matin...

Eh bien, Etrangers, avez-vous fixé vous-mêmes le jour et l'heure de votre mort ?

Oui noble Fils du Soleil... Je désire... nous désirons mourir dans... oui, dans dix-huit jours, à 11 h... C'est l'anniversaire de naissance de mon ami le capitaine et je...
?

Mais, Tintin, vous-êtes fou !... Ce n'est pas...
Silence, capitaine, vous avez promis de m'obéir !...

Eh bien, soit !... C'est dans dix-huit jours exactement, à l'heure que vous avez choisie, que vous expierez votre crime... Gardes, qu'on les emmène !... Qu'ils soient bien traités désormais, et que leurs moindres désirs soient exaucés !...

Et quelques instants plus tard...
Ici, señores, salle du palais où vous loger maintenant...

Et maintenant, allez-vous m'expliquer ce que tout cela signifie ?
Pas encore, capitaine, pas encore !... Je ne puis vous dire qu'une seule chose : tout va bien !

Tout va bien ! . . . Tout va très bien, Madame la Marquise !... Nous allons être grillés vifs dans dix-huit jours... Mais à part ça, tout va très bien !... Je dirai même plus, comme nos amis Dupont et Dupond : tout va bien !

Les jours ont passé...
Plus que six jours, demain matin, tonnerre de Brest !... Ah ! misère de misère !...

Et le lendemain...
Comment en sortir ?... Qui pourrait nous aider ?... Zorrino, peut-être ...

Le jour suivant...

C'est formidable !... Nous n'avons plus que cinq jours à vivre, mille sabords ! et vous faites de la culture physique !... Le moment est vraiment bien choisi !

Que voulez-vous, capitaine, il faut bien conserver sa souplesse...

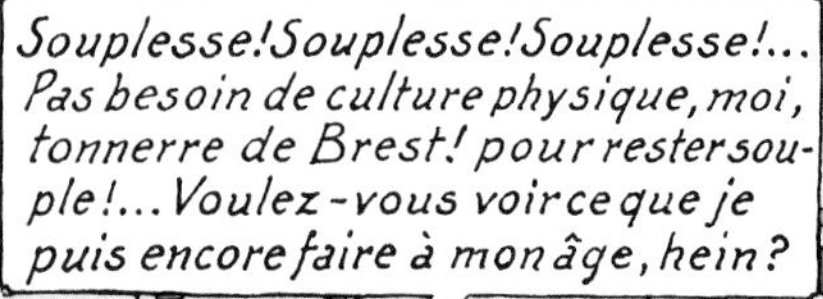
Souplesse ! Souplesse ! Souplesse !... Pas besoin de culture physique, moi, tonnerre de Brest ! pour rester souple !... Voulez-vous voir ce que je puis encore faire à mon âge, hein ?

Voilà : à pieds joints, sans élan, au-dessus de cette table . . .

HOP !
Chic !...

!!!!

Vous trouvez ça drôle, vous ?

Plus que quatre jours...
Il ne sera pas dit que je me laisserai rôtir ainsi comme un vulgaire poulet... Il faut absolument s'évader.
Vous savez bien que c'est impossible.

Plus que trois...
Que faire, bon sang de bon sang?...
Il va finir par me donner le vertige...

Plus que deux...
Et vous restez là à vous prélasser, mille millions de sabords!... Il faut faire quelque chose!...
Ayez confiance, capitaine. Dans deux jours, nous serons sauvés...

Plus qu'un jour...
C'est fini!... Plus rien à espérer!... Jamais je n'ai touché à ce point le fond du désespoir!

Au même moment...
D'après le pendule, ils doivent être bien bas...

Et le lendemain...
Plus que quelques heures à vivre, mille sabords!... Et tout ce que vous trouvez à faire, c'est de relire, pour la centième fois, ce morceau de journal!

"...L'expédition suisse est en route pour la Cordillère des Andes. Elle sera..." Et le reste est déchiré...

Ah! sans ces damnés barreaux de tonnerre de Brest! il y a longtemps que je ne serais plus ici!

CRAC
BING
BOUM
?

Libres!... Nous sommes libres!... Vite, Tintin, vite!... Filons!...
Ne faites pas ça, capitaine, vous allez vous rompre les os!

Ah! ah! nous arrivons à temps!
Trop tard! Tonnerre de Brest...
!
!

L'heure est venue. Veuillez passer la robe du sacrifice.
Moi passer cette espèce de chemise de nuit ?... Jamais!...

C'est la loi. Il faut obéir...
Je vous dis : jamais!... Et quand je dis : jamais, c'est jamais!
Voyons, capitaine...

Qu'on lui passe la robe du sacrifice.

CLAC
Jamais!
CRAC
BOUM

Le bûcher! Voilà notre bûcher! Et vous croyez que je vais monter là-dessus, moi ?... Jamais!

Il faut, coûte que coûte, échapper à cette bande d'enragés!

!

Rien de cassé, au moins, capitaine ?
J'ai l'impression qu'il se passe quelque chose de pas naturel, ici...

BOUM
BOUM
Quelle est donc cette musique?
Vous appelez ça de la musique, vous?

BOUM BOUM BOUM BOUM

Pacharurac - Pachacamac Viracocha

Cayhinapac Churasunqui Camasunqui

Voilà Monsieur Tournesol, capitaine!... Tournesol, que nous avons cherché pendant si longtemps!... Le voilà!... On va l'attacher auprès de nous...

Vous, capitaine?... Ah! quelle bonne surprise!... Comment allez-vous?
Très bien, merci, comme vous voyez!...

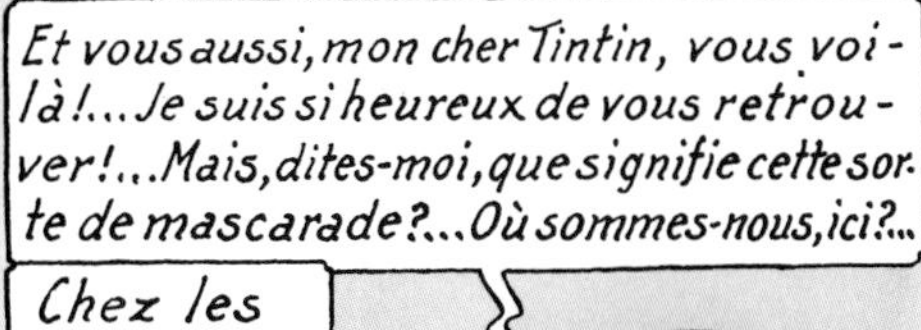
Et vous aussi, mon cher Tintin, vous voilà!... Je suis si heureux de vous retrouver!... Mais, dites-moi, que signifie cette sorte de mascarade?... Où sommes-nous, ici?...

Chez les Incas...

Ah! du cinéma!... Bon, je comprends!... C'est une reconstitution historique, sans doute... Ces gens-là sont costumés, comme... comme des Aztèques, dirait-on... Ou plutôt, non, comme des Incas!
Précisément, des Incas, vous l'avez deviné...

Ah! oui, admirablement grimés... Et voyez cette danse: quel naturel, quelle conviction chez le moindre de ces figurants...
Pourvu que tout se passe comme je l'espère...

Noble Fils du Soleil, voici venue l'heure du sacrifice...

Et pendant ce temps là...

Cependant, d'après le pendule, ils doivent être quelque part où il y a beaucoup de soleil...

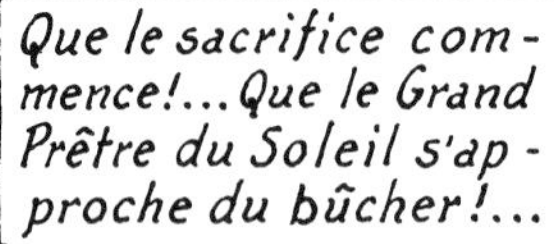
Que le sacrifice commence!... Que le Grand Prêtre du Soleil s'approche du bûcher!...

Qu'est-ce que c'est que cet instrument-là ?
Ça, c'est la loupe qui doit mettre le feu à notre bûcher.
Non?...

Laissez-moi!... Je ne veux pas qu'on les tue...

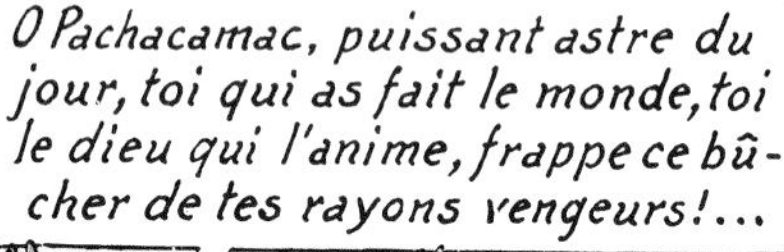
O Pachacamac, puissant astre du jour, toi qui as fait le monde, toi le dieu qui l'anime, frappe ce bûcher de tes rayons vengeurs!...

Arrête, ô Huascar!... Tes invocations ne seront pas entendues par le dieu souverain.
?
?
Grrrr

Et toi, ô puissant Soleil, montre à tous, par un signe tangible, que tu ne désires pas notre mort.

Silence! chien d'étranger!... De quel droit oses-tu t'adresser au Soleil ?

O sublime Pachacamac! je t'adjure de manifester ta toute-puissance!... Si tu ne veux pas de ce sacrifice, voile ici, devant tous, ta face étincelante...
Pauvre petit! il a perdu la raison!
Mais non, mais non: votre chapeau est très beau, lui aussi.

Merci, ô astre souverain!... Merci, ô Soleil!... Tu as entendu ma prière... Voici que tes rayons déclinent...

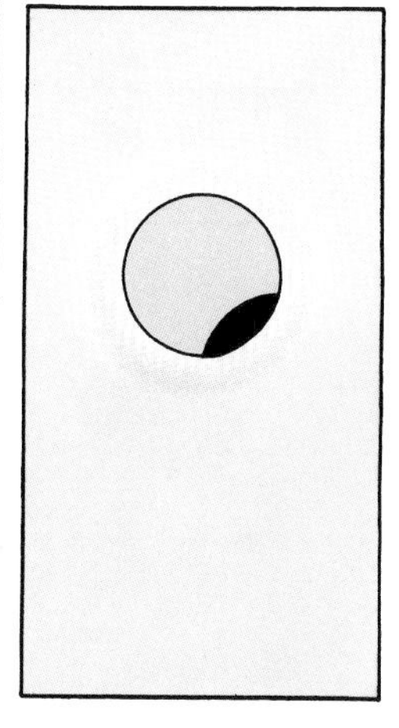

Mais... Mais, ma parole, il a raison... Que se passe-t-il?... Est-ce que je deviens fou, moi aussi?... C'est de la sorcellerie!...

!

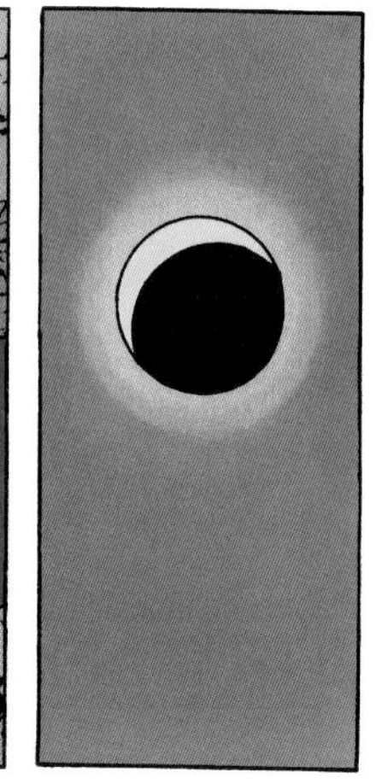

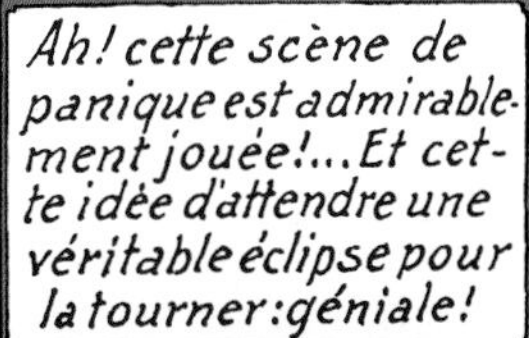
Ah! cette scène de panique est admirablement jouée!...Et cette idée d'attendre une véritable éclipse pour la tourner: géniale!

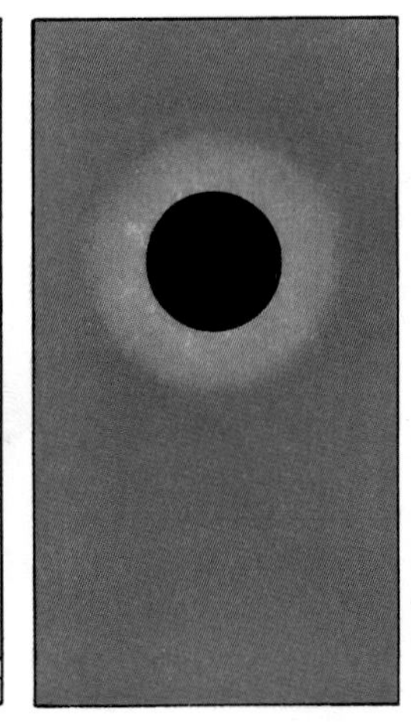

Une éclipse!...Une éclipse!!...Une éclipse!!!
Inutile de s'alarmer: c'est tout simplement une éclipse...
Wou-ou-ouh!...

Grâce, Etranger, je t'en supplie!...Fais que le soleil luise à nouveau...Et je t'accorderai tout ce que tu me demanderas!

Soit, noble Inca, j'ai confiance en ta parole...Sois donc rassuré: je vais ordonner au soleil de réapparaître...
Wou-ou-ou-ouh!

O Soleil, puissant astre du jour, je t'en conjure, sois clément!... Aie pitié de tes fils et que ta lumière réapparaisse!
Wou-ou-ou-ouh!

Par Pachacamac! le soleil lui obéit... Vite! vite! qu'on les délivre à l'instant!

Eh bien, capitaine?... Le journal...Comprenez-vous, à présent?...
C'est... c'est magnifique!...

Merci, ô puissant astre du jour!...Merci d'avoir daigné répondre à l'appel du jeune étranger!

"Le Soleil a rendez-vous avec la lune" ♫♫
Un peu de majesté, capitaine, comme il sied à des gens qui commandent au soleil.

!

?!

Pendant ce temps-là...
Personne...Et pourtant, ils sont quelque part où ils ont été fort secoués...

Le lendemain...
Je n'ai qu'une parole, ô nobles étrangers: vous êtes libres... Et je vais vous faire reconduire jusqu'au pied des montagnes...
Je te remercie, noble Fils du Soleil, mais j'ai encore une demande à t'adresser...

Il y a dans mon pays, sept savants qui, je le suppose, continuent à endurer, à cause de toi, de terribles souffrances. Quelle que soit la manière dont tu les tiens en ton pouvoir, je demande que tu mettes fin à leurs tourments.

Ces hommes sont venus ici comme des hyènes, pour violer les tombeaux et piller nos richesses sacrées. Ces hommes méritent le châtiment que je leur ai réservé.

Non, ces hommes ne sont pas venus ici pour piller, noble Fils du Soleil. Ils n'ont eu d'autre ambition que de faire connaître au monde entier vos traditions séculaires et la richesse de votre civilisation...

Soit! je te crois... Et, d'ailleurs, je n'ai qu'une parole... Veuillez me suivre, ô Étrangers!... Je vais, devant vous, mettre fin à leur supplice...

Voilà sept statuettes de cire. Chacune d'elles représente un des hommes dont vous m'avez demandé la grâce. C'est d'ici, de ce sanctuaire, que, par magie, nous les faisons souffrir. C'est d'ici que nous allons mettre fin à leur supplice...
De l'envoûtement!... Je m'en doutais!... Mais les boules de cristal, à quoi servaient-elles?

Ces boules contenaient un liquide sacré, tiré de la coca, qui plongeait les victimes dans un profond sommeil pendant lequel le Grand Prêtre les tenait en son pouvoir jusqu'au moment où l'envoûtement commençait...

Je comprends tout maintenant!... Les boules de cristal, la léthargie, les souffrances endurées par les explorateurs au moment où, ici même, le Grand Prêtre torturait les statuettes qui représentaient chacun d'eux...
Détruis ces statuettes, Huaco...

Au même moment, en Europe...
Qu'est-ce que je fais ici?...

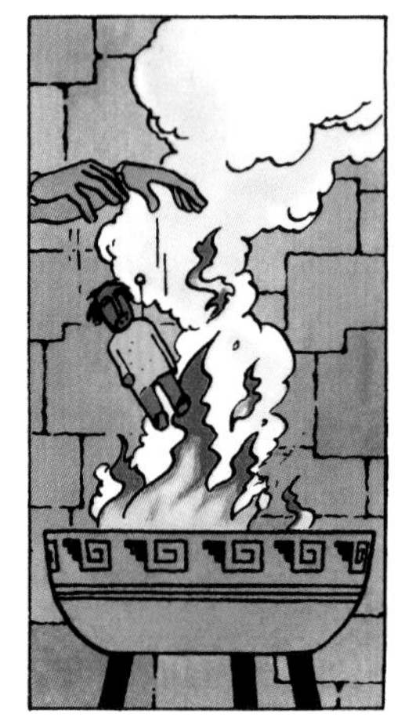

Que s'est-il passé?... Comment se fait-il que je me trouve dans cette clinique?...

Que fais-tu ici, Charlet?...
Je me le demande, Sanders... Et toi?...

Vous ici, Laubépin?...
Clairmont!... Comment se fait-il que...
Hein! que m'est-il arrivé?...

Et le lendemain...
Ainsi donc, mon cher Zorrino, tu as décidé de rester ici... Nous te disons adieu !... Peut-être un jour, qui sait ? nous reverrons-nous...
Adieu, ami Tintin.

Avant de vous quitter, nobles étrangers, j'ai, moi aussi, une grâce à vous demander...
Je sais laquelle, noble Fils du Soleil, et je tiens à vous rassurer tout de suite à ce sujet...
Je jure que jamais je ne révélerai à quiconque l'emplacement du Temple du Soleil !...
Moi aussi, vieux frère, je le jure !... Que le grand Cric me croque et me fasse avaler ma barbe si je lâche un mot à ce sujet !

Moi aussi, je le jure : jamais je n'accepterai de tourner dans un autre film, même si Hollywood me faisait un pont d'or. Vous avez ma parole.

Merci, j'ai confiance en vous... Voilà vos guides et vos lamas...
Mille sabords ! encore des lamas !...

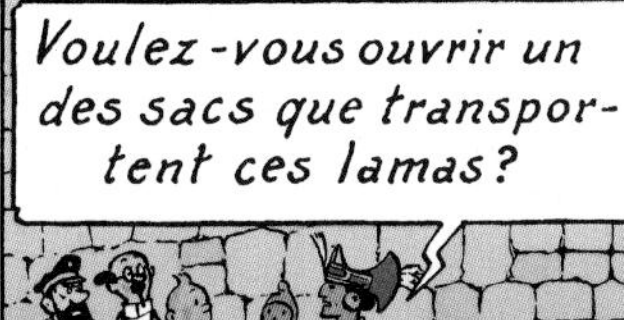
Voulez-vous ouvrir un des sacs que transportent ces lamas ?

!
!

Tonnerre de Brest !... C'est inouï... De l'or... Des diamants !... Des pierres précieuses...
!

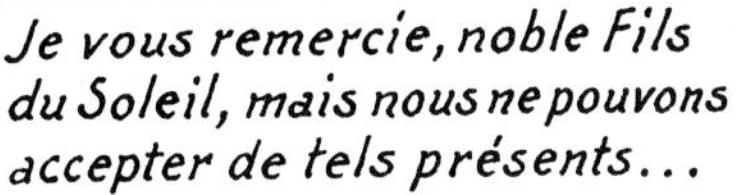
Je vous remercie, noble Fils du Soleil, mais nous ne pouvons accepter de tels présents...

A moins que vous n'insistiez, bien entendu...

Oh ! c'est si peu de chose, comparé aux richesses de ce temple !... D'ailleurs, puisque j'ai votre parole de ne rien révéler, veuillez me suivre...

?
!
Entrez !

Et pendant ce temps-là...

Voilà le trésor des Incas, celui que les conquérants espagnols ont cherché en vain pendant tant d'années...

Je vous affirme qu'il doit y avoir de l'or dans les environs: mon pendule ne m'a jamais trompé.

Des jours et des jours ont passé...

Voilà, señores, nous quitter vous ici. Maintenant, vous prendre le train et puis rentrer dans votre pays... Adios, señores, et que le Soleil vous soit propice!
Minute!... Ne partez pas tout de suite...

Voulez-vous tenir ma carabine pendant quelques instants?
Volontiers, mais qu'allez-vous faire!

De l'eau?... Le capitaine boit de l'eau, à présent?... Je n'y comprends plus rien!...
Du vin?... Vous croyez?...

?

?
Tu as payé pour tous les autres, mais, tant pis! j'avais ça sur le cœur depuis longtemps!

FIN